JN213289

8人の日本女性とその他のお話

8 Japanese Women & other stories

ルーファスリン
Rufus Lin

風詠社

本書籍、『8 Japanese Women & other stories』は日本人女性に関する短編集です。著者はカナダ、バンクーバーに住んでいますが、毎年何度も東京を訪れています。ただ、日本に住んだことはありません。そのカナダ人としての視点から、日本や日本人、特に日本人女性を描く短編集は、日本人読者にとって新鮮で興味深いものになるのではないか、という想いが執筆の動機となりました。また、英語話者である著者自身が、日本語で小説を書いたのは珍しく、日本語と日本文化を尊重しながら作成することに尽力しました。

各扉裏のＱＲコードを読みとっていただきますと著者作曲の音楽が流れます。これらの曲をＢＧＭとして物語とご一緒にお楽しみください。

目次

8人の日本女性とその他のお話
8 Japanese Women & other stories

8人の日本女性　8 Japanese Women

8夜の日本の夢　8 Japanese Dreams

8話の日本の思い出　8 Japanese Memories

表紙画・挿絵（一部）・扉曲作曲　ルーファスリン
装幀　２ＤＡＹ

8人の日本女性

8 Japanese Women

1　亜矢子

強い女ってどういうものだろう。ストレートに話せる人？　我慢強い人？　それとも、激しい苦痛の中でも、価値観を妥協せずに自分を貫く人？

亜矢子はまさにそれだった。

今にして思えばあの時は本当に大変だった。僕だったらきっと精神的に崩れてしまったと思う。自分がどれほど悩んでいたかを誰にも見せなかった亜矢子を尊敬せずにはいられない。

最初は、僕たちは幸せで、その後の嵐が来ることを全く予想できなかった。特に韓国旅行は素敵な思い出だった。どこかの湖で亜矢子と小舟に乗って、２時間ものんびりしていたら、下りてから普通に歩けなくなっていて２人で大笑いした。周りの韓国人が僕たちをじっと見ていた。きっと変な旅行者だと思われていたにちがいない。酔っぱらいのように互いに支え合って、キムチラーメンを食べに行った。

食事を頼んで待っている間に、ハングルの文字を思い出そうとしたら、やっぱり無理で、結局諦めて新型ハングルの「アヤグル」という文字を発明した。それを使ってメッセージをやりとりした記憶がある。次第におかしなメッセージになっていき、亜矢子の顔が真っ赤になったので途中でやめた。つまらないって僕は文句を言ったけど、その直ぐ後にラーメンが来た。

そういえば亜矢子の顔が大好きだ。美人とは言えないけど、一度見ると一生忘れられない顔である。そしてその顔を見れば見る程心の底から極端な感情が生じて、相当なパワーを持っている顔だと思わずにはいられない。変な見方ではないかと思うけど、正直に言えば一番魅力的なのは、その顔に刻まれた深い切なさである。慰めたくなる。最初から慰めることができないのは明らかだけど。

そんな亜矢子は、ある日、突然僕に愛を告白してきた。え！ と思った。今、付き合っているのに。愛があって当たり前では？ そこで自分がどんなに軽くて表面的な奴であるかが分かってきた。

「男って空気読めない、鈍感」

と良く言われる。でも、いつも、

「僕を除いてね」

と思ってしまう。

亜矢子が極端に情熱を隠していたのは知らなかった。僕は自分が普通で全く特徴の無い者だと思っていたのに、こんなに夢中な対象になっていたこと、それは、正直怖いことだった。その怖さが僕の顔に現れたことが彼女を非常に傷付けてしまい、それは亜矢子の苦痛の始まりだった。

その後、自然体で行動できなくなった。緊張しすぎたり、言葉を慎重に選んだりして、ぎこちない関係になった。それも亜矢子の悩みだったのだろう。何度も、

「あたしがわがままを言って全部壊してしまった」

と彼女は言い、僕がいくら否定しても聞いてくれなかった。彼女はもう全て嫌になっていたのに、僕のことに夢中であり続け、別れたくても出来ない可哀想な状態だった。僕は優しく接しようとしていたけど、今考えたら僕の行動や態度はどう考えても駄目だった。２年間もその状態が続いた。どちらかというとその情熱はどんどん激しくなって、僕はどんどん怖くなっていた。でも一度も迷惑、面倒くさいとは思わなかった。やはり亜矢子のことを非常に大切に想っていたからだ。ただ、その激しい情熱は僕と比べ温度差があった。

恐らく別の人だったら、欲求不満でアルコールを飲み過ぎたりすることでそういった大変な状況から逃げようとしただろう。でも亜矢子はどんな悔しさがあっても自分自身を失いたくない一心で、いくら傷付いても結局いつもの亜矢子と変わらないように振る舞っていた。

最終的にどうなったか……。ある日亜矢子が話があると言うので近所の韓国料理に一緒に行った。

「色々と考えたところ諦める決心をした」

と。それだけ。亜矢子の強力な決意で解決した。直ぐ後にキムチラーメンがきて、食べながら楽しい会話をして結構盛り上がっていた。それから素晴らしい友情が生まれ、今でも続いている。こんな強い女を尊敬する。亜矢子を尊敬する。いつまでも亜矢子のことを大事に想うことしかできない。

2 雅美

雅美は人の悪口を言えない人だった。彼女自身がいくら人に困らせられても。明らかにその人が悪かった場合でも。

そんな雅美と恋に落ちた。

普段僕は女性の前で特に恥ずかしがり屋ではないけど、なぜか雅美とだと視線を合わせることすらできなかった。

美人の美しさってどういうものだろう。綺麗な芸能人を写真とかテレビで見ても、綺麗だね、可愛いねと思うに過ぎないけど、雅美の顔を見たら、心臓の鼓動が早くなって、じっと長く見たくなってしまう。そんな彼女の魅力は恐ろしくもあった。

僕は美人と付き合うのが苦手だよ。美人って他人からの注目をあびることに慣れているからだ。当たり前だと思っている。経験からいえば、簡単に男を手に入れられるので、だいたい飽きっぽいタイプだ。車で言うと昔のジャガーかな。綺麗でお洒落なものだが継続的なメンテナンスにはかなり手間がかかる。また、十代から自分の美しさが分かって、ずっと自分の美しさを保つことに専念する。逆にそこまで綺麗ではない普通の女は、生まれ持った自分の女らしさを満喫しながら、相手の男に色々と気を遣ってくれるタイプが多いだろう。

でも雅美は、美人にも関わらず、自分の美しさを全く自覚せず、男に対してどんなパワーを持っているかもあえて考えず、普通に話したり行動したりする人だった。ただ、下品な話し方はできなかった。そして人の悪口を言えないし聞きたくもない、まるで聖人のようだった！　そこから彼女の美しさが生まれたのではないかと思う。

雅美は公園が好きだった。ただ特に植物や庭が好きな訳ではなく、二人で毛布を拡げてその上で横になり空を見ながら下らない話をするのが大好きだった。僕も。ただ、僕の場合は、いつも空よりも雅美の顔を見て幸せになっていた。空を見ているのは僕の場合は数秒で、雅美も途中で止めて目を閉じたまま穏やかに喋っていた。

そんな中、ある日、僕が彼女の泣けるほど綺麗な顔を見ていると、彼女は目を閉じてささやき声で、

「来月から親と一緒にイギリスに引っ越すことになったのよ」

と言った。

僕は言葉の意味は何となく分かったけど、頭では理解できなくて、

「あっ……」

としか言えなかった。

「そこで待ってるよ」

と彼女は続けた。

僕は、

「あーっ……」

と。

本当に翌月に行ってしまった。それは3年前の話だ。

最初は毎日メールが来ていたが、彼女の500文字に対して僕は100文字もない返事を送っていた。どう考えても僕はイギリスに行ける訳がないから、ひどく絶望的な状態だった。そして毎日メールを受け取るたびにその痛みが更に悪化した。時間が経って彼女もだんだん向こうの生活に慣れ、友達を作ったりしていたようだ。今ではメールが月に一回くらい来る。

僕のことを待っている話はなくなったようだ。

まあ僕は行かなかったから当然だろう。

今朝、知らない人から電話があって「雅美の彼氏」だって。出張で一人で日本に来たそうだ。全部英語で話していた。雅美から宜しくって。

僕は、

「雅美にイギリスに行けなくてごめんと伝えてくれ」

と頼んだ。

そしたら彼は、

「うん。あんたのことをいつも美化しているよ。やっぱ未練が残っているのかな」

って。

僕は、

「いや、そうでもないと思うよ。雅美って人の悪口を言えないだけだよ」

と言って電話を切って、一時間も泣いた。

3　美枝子

最初から、彼女の小さな微笑みが気に入っていた。僕に対して美枝子の初めての言葉は、

「とうとう来てくれたのね。ずっと待っていたのよ」

だった。いきなり知らない人にそう言われたら誰でもびっくりするよ。どうすればいいのかと戸惑い、

「えーと、すみませんが、もしかして……」

と言おうとしたところ、

「はいはい、分かってるよ。ふざけてるだけ。初めまして。美枝子です」

と彼女は笑った。

最初から確実に不思議な人だった。会話でも行動でも、簡単な道を辿らず遠回りするのが得意だ。何に関しても僕は、

「美枝子ならそんなことはしないよ、絶対」

と言う自信はない。万引き？　考えられる。軍隊に明日から入る？　あり得る。過去のことを全て片付けてこれから天使のように純粋な子になっていく？　可能性がある。僕の信頼を裏切る？　あ、それだけは信じたくないけど。

ある日、美枝子とテレビで漫才を見ていると、ＣＭが始まったので、「紅茶を入れてくるね」と彼女は言った。その間、僕は穏やかに新聞を読んでいたが、突然地震が起こった。

「美枝子、大丈夫？」

と叫んだけど答えがなかった。部屋は相当揺れていたため、３メートルの距離もない台所に行くことができず悔しかった。震度は分からないけど、随分酷くて、翌日の新聞によると何十人も死亡したそうだ。

地震が収まったので慌てて台所に走ったら、美枝子はその真ん中に立って泣いていた。

「美枝子！　どうしたの？　怪我したの？」

と僕が訊いたら、小さい声で、

「いいえ、全部終わった」

と答えた。

今でも美枝子のことを思うと、一つの特別な痛みが残っている。それは彼女を悪いことから守れなかったことによる罪悪感だ。誰にも守る義務があると言われたことはないけど、役に立てずに失敗したと感じてしまう。

去年の冬に、こたつの暖かさとお酒のお陰で二人とも気分が良くなり、美枝子は、

「ねえ、私たちが出会った日を覚えてる？」

と言った。

「忘れる訳ないじゃん」と僕は笑った。彼女は暫く何も言わなかった。普段はこういう時に何も気が付かないけど、何か様子がおかしいと思って、

「えっ。何で？」

と訊いてみた。

「いや、別に」

これも、あの不思議な日でなければ僕は突っ込まずに直ぐに話を変えたけど、美枝子は何かを言おうとしていると分かったので、僕は彼女の手を優しく握った。それだけで、言葉は要らなかったから。

やはり少し後で美枝子は続けてくれた。

「あんな変な言い方は、他の人にもしたことがあると思ったでしょ。でも、そうじゃなかったの。あなたの顔を初めて見て、あなたの声を初めて聞いたら、すっごく独占したくなったの。理想的な彼氏になるかどうかは置い

ておいて、あたしの中でそんな激しい感情をおこさせる人を長年待ってい
たのは真実だった」と。
僕は何か変な顔をしていたかもしれない。毎日、美枝子の知らないとこ
ろが分かってくる。だからこそ好きだ。彼女は僕の変な顔を見て笑い出し、
「紅茶を入れてくるね」と言いながら台所に行った。
その瞬間に非常に冷たい恐怖が僕の心の中で生じて、
「美枝子！」
と叫んでみたが、なぜか声は出なかった。彼女は無事に台所から戻って
きて僕の顔に恐怖の色がうつしだされていたことに気が付き、何も言わず
に僕の手を優しく握った。
「また地震だと変な予感がしただけ」
と僕は説明した。
美枝子はうなずいた。
「あたしも。いつかまた地震があったら、出会った日のことを伝えておか
なければ後悔すると思ったから」
その夜、僕たちは朝まで抱き合って寝た。

4　なおみ

なおみに出会った日は、彼女が彼氏と大喧嘩してその場で別れた日だった。カフェで僕は一人で座っており、隣のテーブルに彼女がいた。彼が帰った後、なおみは僕に向かって、

「男って大嫌い！」

と冷静に言った。

自分も男だし、どう答えれば良いかは、少し難しいところだった。

「大変でしたね。もうその話はやめて別の話をしませんか？」

と僕は提案してみた。彼女は暫く何も言わなかった。

「あなたは、親切ですね」

と言って、急に泣き出した。

それが、なおみと僕の始まりだった。

なおみと出かけるときはいつも楽しかったが、彼女は危険なことが好きなのでその分ではこっちが辛かったのが事実だ。

例えばバイク。何故あんなにも夢中だったのだろう。不思議な子だった。しかも軽くて可愛いバイクではなくて、巨大エンジンのバイクが良かったようだ。何が楽しかったのだろう。音？　振動？　落ちる恐怖？

このバイクの趣味で、なおみの周りには常に数人の男性が居た。毎週土曜日の朝に誰かとバイクに乗ってどこかへ行き、夕方までは帰ってこなかった時期が続いた。ワンパターンだった。そして相手は毎週違う男だった。

ある土曜日に非常にいやらしくて下品な男とバイクでどこかへ行ってしまった。それは僕たちが出会った日の1周年記念日だった。きっとなおみは覚えていないだろうと思いつつ、サプライズで素敵なフランス料理のレストランを予約しておいた。彼女が帰ってくるのをドキドキしながら楽しみにしていた。

でもなおみは帰ってこなかった。夕方までに帰ってこないのはこれが初めてだった。夕食の予約もあって、携帯に電話をかけてみたが出なかった。留守電に、

「これを聞いたら至急連絡してください」

とメッセージを残して、フランス料理を一人で食べながらテーブルの上に置いた携帯をじっと見ていた。が、結局、携帯は一度も鳴らなかった。

翌日なおみに会って、紅茶を一緒に飲んだ。そこでなおみは、昨日バイ

クでどこかへ行き1泊してきたと話した。僕はフランス料理の予約のことは伝えずに激怒して、大喧嘩になった。僕はどうしても納得できずにそのまま帰った。

カフェを出るところで、僕はなおみの声が聞こえた。なおみは隣のテーブルに座っている細身の草食男子に向かって、

「男って大嫌い！」

と冷静に言っていた。

5 邦子

悪い女ってどんな人なんだろう。

僕が知り合ってきた女の人の中で、僕が最も悩まされたのは多分邦子だ。運よく犯罪などは犯さずに済んできたが、それでも邦子のアルコール依存症や色情症が僕の悩みだった。僕の言うことを聞いてくれないため、治してあげられない自分がとても悔しかった。

僕たちは2年間も、激しい情熱に溢れた恋愛をした。その時僕たちは夢中で、恐らく地球が止まっても気づかないほど、お互い相手のことしか考えられない状態だった。僕は一生邦子と居たかった。理由は複雑で説明しにくいが、ある日別れることになり、その完璧だった関係が突然終わった。僕にとって宇宙のおしまいだった。

でも邦子は平気なようだった。逆に、

「あなたから逃げて自由を発見した」

と酷い言い方をされた。

その自由を得たことで、邦子はますます変な人に出会ったり、変な「友達」を作ったりしはじめた。それに伴い、周りの人から影響を受けやすい邦子は、ますます変なことをして、どんどん悪い女になっていった。

朝まで飲み過ぎて、泥酔した状態で目を覚ます。すると彼女は路上に居て、何があったか記憶がない。それを、「知らぬが仏」と自分に言い聞かせていた。

クラブ、外人バー、ゲイバー、プライベートパーティー等に出没して、かなり露出する服で夜通し踊り、知らない男に出会っては、当日に直ぐラブホに行き、それから二度と会わない。そんな生活を続けていたようだ。

僕の心には、怒り、裏切られた気持ち、同情、心配、罪悪感、悔しさ、そして絶望が渦巻いていた。

でも僕は邦子の人生から除外されて、文句を言っても話さえ聞いてもらえなかった……。つまり、僕は何も出来なかったのだ。

最初は気が付いてくれると必死に祈っていたけど、事態がますます酷くなっていたのでその夢も諦めた。

僕の痛みや心配は、正直にいえば無駄だった。邦子は知らないし、知っているとしてもどうでも良いという感じだ。

先日邦子とカフェで少し話した。彼女は、危ないことをやっているのは分かっているって。ただ、止められないって。やめたら友達に悪いからって。お酒が好きだって。男が好きだって。性感染症なんて、もうとっくに持ってるでしょうって。服装については、何が問題なのかわからないと言った。丸見えでも特に気にしないって。悪い女だと認めてるって。

無限に愛していた邦子がこんな姿になってしまったのは、1年間泣きたいほど切ないことだった。

6
よしこ

出会ってから3年目。長いな。数ヶ月後にすぐ別れなかったのは不思議なくらいだ。最初は絶対無理だろうと思っていた。相性が合いそうもなかったし。なぜあんなに互いに夢中になっていたんだろう。不思議だよ。でも、最初に僕に何かを期待しては駄目だと断っておいた。何もならないよってはっきりと言っておいた。でも、彼女も僕もその話を聞いていなかったみたい。どうにかなってほしいという無意味で絶望的な道をたどっていた。大失敗になるに決まっているのに。

上海への旅行で一線を越えてしまった。それまでは、楽しい時間を一緒に過ごす程度だった。というか、早い時点で既に身体の関係になってはいたが、上海では、本格的な恋愛が始まったように思う。この反対の順序は、僕にとっておかしかったが、彼女は物心ついた時から肉体のみの関係に慣れていて何度も愛情がなくてもやっていたって。僕は若い頃からそういう女が嫌いだったのに、よく彼女とあっという間に恋に落ちたな。上海からは、もう元には戻れなくなった。

上海は最高だった。毎日朝から晩までベタベタして一生分溜まっていた恋愛を経験しているようだった。今でもあの頃の匂い、音、柔らかい色合いが記憶に残っている。カモメが何を思っているかというようなくだらない話でよく笑っていた。アンさんのオープンカフェで長い間穏やかに会話したり、ビールを呑んだりしていた。最高だった。でも、どこか心の深いところで自分を騙していることが分かっていた。いつ死ぬかは誰にも分からない。が、僕たちは近い将来にいつか別れると自覚していた。

結局、その通りだった。

ある日、目から鱗が落ちた。彼女の方がだいぶ早かったけどね。僕は最後まで、というかその後も、僕たちは特別で大切だと必死に思いたくて、別れることに抵抗していた。でも最終的には無理だった。彼女の婚活をずっと我慢していたが、ある日、目が覚めて自分がどんな馬鹿になっているかが分かった。

今、２人とも70代になって、配偶者たちも亡くなった。たまに喫茶店で一緒に紅茶を飲んで上海の話をしている。僕は変わらず彼女のことを愛しているが、告白してもしょうがないので黙っている。たまに彼女は、「あの時は、うまくいかなくて残念だったね」と何の話にも繋がらず突然に言い出すが、僕は「うん」としか答えないのだ。

7

麗子

大雨が降り出したにもかかわらず、僕たちは2時間も浜辺で手をつなぎ冷静に座っていた。無言で、それぞれの頭は思い出でいっぱいだった。二人ともある意味、幸せな2時間を過ごしていたとも言えるだろう。そんな日に麗子と別れた。

酸素がない場所に入れば死ぬのは当たり前だと思うが、全くないというよりも僕たちの関係には酸素が足りなかったのではないだろうか。うまくいっている時はこれ以上の恋愛は絶対ないと感じたが、喧嘩の時は、いきなり酸素が地球からなくなったきつい状態になってしまったような気がした。

8ヶ月前の話だ。ある日、映画館からの帰宅途中、結構盛り上がり、楽しい会話になっていた。「『実は』ゲーム」を作り上げて楽しく遊んでいた。順番に周りを見て何かを指定し、あり得ないバックストーリーに、まず「実は」と言ってから、説明するゲームだった。

そういうのが好きな僕は色々とふざけていた。

「あの屋台を見てくれ。ラーメンを作っているおじさんがいて、お客さんと結構喋っているよね。実は、、彼は北朝鮮のスパイなんだよ。普通の会話に聞こえるかもしれないけど、本当はその中に言葉のコードが入っているんだよ。ほら、あの若いサラリーマンのような男は、お札で支払いをしているじゃん？　そのうちの1枚は手紙、というかメッセージだよ」

とか。

そして麗子は、

「あたしは可愛くて純粋な子で、どちらかというと保守的な価値観を持っている人だと思うでしょう？　実は、目に見えないところがあるのよ」

と言った。僕は突然、ゲームを忘れてびっくりした。

「えええ、そうなんだ！　例えば？」

と訊いてみたところ、

「言えないけど、時間が経つといつか分かるでしょうね」と。

ただ、別れの日まで彼女はそれを教えてくれなかった。

僕は、2人で水族館に行った日をよく覚えている。2時間も過ごしたが、その間ずっとクラゲに夢中だった。

「若い時、良い子ではなかったよ」

と、麗子は、いきなり言い出した。

「後悔しないけどさ。今の麗子とその頃の麗子と、どっちが本物なんだろう」と。

いや、麗子は、いつも落ち込んでいるような困った人ではなかったよ。でも過去に暗い秘密があったようで、僕は非常に興味があった。何度も突っ込んで聞いたが、ちっとも教えてくれなかった。それが最終的に、別れの原因となった。彼女は最後まで秘密を守り続けた。

それは10年前の話だね。その後、麗子は某商社の部長の一人と結婚したと聞いた。彼にあの秘密を言ったのか、非常に気になっていた。まさか犯罪を犯したわけ？　それとも売春していたのか？

知らぬが仏かもしれない。厳密に言えば、僕にはもう関係ないし。

今、電話が鳴っている。

「もしもし。あれ、麗子じゃん。なんだって？　スペインに引っ越すって？　旦那さんの仕事かな？　違うんだ。なら、なんでスペインなんだ。水族館、クラゲって？　はい、覚えているよ。元に戻ったってどういう意味？　昔の方が本物？　全く意味が分からないよ。もしもし？　もしもし？」

外では大雨が降り始めていた。

8　多美香

僕にとって多美香は完璧な女性である。男は好みがバラバラとはいえ、結局いくら強い女性を服従させても、原始的なレベルでは男の役割は女を守ることだと思い込んでいる。自分の彼女や妻となるとやはり柔らかくて女性らしい人が良いと全員思うだろう。それはまさに多美香のことだ。多美香は厄介な話がある時、はっきりとは言えない人である。不思議な癖があり、殆どの場合は言いたいことを言わずに動物の物語に置き換える傾向がある。当然ながら多美香の例え話は、殆どの場合は言われたことの本当の意味が全く分からない。例えば彼女が、彼女のお父さんに怒られた日のことだ。

本当に言いたかったのは、

「お父さんに怒られたから落ち込んでいるよ。何とか慰めてくれない？」

だったけど、こういう風に僕に語った。

「ねえ、実は今日はなにかあってちょっと大変だったんだけど、アドバイスを聞いても良い？　例えば、天敵が多い小さい魚が、突然、外海に押し流されて、あっという間に何匹ものサメに囲まれてしまうの。怖くて怖くてバタバタして一匹のサメの口の中に真っ直ぐに泳いでしまう。幸いにそのサメはお腹がいっぱいで、何とか逃げきれる。でも家に帰ったら、家族に厳しくわざと人に迷惑をかけたみたいに言われる。そんな時、その小さい魚は可哀想だと思わない？」

僕は我慢しながらも突っ込んで具体的な詳細を聞かないと、どうしても状況を把握できず役に立てない。だからいつもそうしているけど、十分理解できるまでには大体30分から1日かかる。多美香と一緒にいる時は、同時に守りたくなり、非常に頼られていると感じて、何だか幸せになる。人によってベタベタする女が嫌いな男もいるかと思うけど、僕は、多美香のように素直で、完全に信じてくれる女が大好きだ。というのも、「素直さ」に焦点を合わせたらそういう女は珍しいからだ。要するに、僕は多美香のことが大好きなのだ。不思議なことに、多美香と一緒に居て他の女の人に会うと、「イライラするわ。うまく使われないように気を付けてね」「あなたは騙されやすいので心配。甘いことをするのはやめた方が良いよ」「あいう何も出来ないふりをするタイプが嫌いだわ。女って打算的よ。男って馬鹿ね」と十分悪意を持って言われることがある。

多美香のように純粋で愛を込めて好かれたことはなく、これからもそのような素直な愛情に出会うこともないだろう。多美香は本当に大切な人だ。

8夜の日本の夢　8 Japanese Dreams

1　来なかった

第32番出口から出ると、サングラスをかけた彼女はそこにいた。約束通りに例の灰色のドレスを着てくれていたようであった。僕の方をじっと見ており、まるでその瞬間は、彼女以外他には何も存在していないかのようだ。

それは確かに嬉しかったが、何となく怖さも感じた。ドキドキしている僕は、何気なく歩くように努めた。この日の彼女は出会った日以来、最も美しいと実感した。

あれは数年前だっただろうか。彼女が何度も地球に遊びに来てくれたことがあり、今回は僕が月に行くことにした。僕は初めて月への宇宙船に乗った。隣の席は空席だったが、同じ船内には十代の女の子たちがいて、そのお喋りは一秒も止まることがなかった。隣の席を横目で見ながら、彼女たちのくだらない話を聞いていたら、そうだ、昔は、僕たちにだってこんなときがあったな、とふと思い出した。

灰色のドレスに身を包んだ彼女に、自分の声をできる限りコントロールしながら、「お久しぶり」と言おうとした。その瞬間、僕の恋人であるはずの彼女はいきなりサングラスを外し、笑顔で宇宙船の２人の女の子に、

「きゃあ、洋子ちゃんも？　なんで急に！」

と言い出した。眼鏡なしでは、やはり彼女は別人だった。

というわけで、僕の彼女は来なかったということだよね。

僕はこのことについてどう理解すればよいか分からなかった。1時間も待ったが、やはり来なかった。月に来たのは無駄だったね。絶対に誰かが彼女に警告したのだろう。大失敗だ。地球に帰って、会えなかったから殺せなかったと報告するしかない。そして、僕は即座に殺されるのだろう。

逃げようとしてもしかたがない。もう帰るぞ。

2 今でも

PARK

最初から僕の目的地は新宿御苑だった。確か11年前だっただろうか。あの晩は、大雪で、それが記憶に残っている。眠れず、深夜まで色々と会話をして仲良く過ごした。

　再会か。

「いつかね」

「指切りげんまん、嘘ついたら針千本飲ます」

　それからずっと御苑に行きたかったのに、やはりいろいろと多忙で今日まで来てしまった。ようやく今朝、飛行機に乗り、成田に到着する。新宿御苑。その名を聞くだけですぐに思い出す。

「ありえないよ。まずな、あの子の名前すら知らないよ。何を言っているんだ」

「なんでとぼけてるの。自分の目で見たのよ。むかつく」

「で、君は？　長年海外のやつとメールを交換しているのはいいのか。よく言うな」

「1回しか会っていないし、これからも再会するわけないし、何が悪いのよ」

そんな喧嘩をしながら、二人で弁当を片手にコンビニを出た。その日の朝は天気が良く、ピクニックは良い考えだと思ったが、今は違う。二人とも怒っていたので、黙ったまま手も繋がず一緒に歩いた。

入国は順調だったが、長いフライトにもかかわらず1泊しかしないことに税関で驚かれた。どこに泊まるかと聞かれたので、宿泊場所について「友人宅」と嘘をついた。空港から出て即座にNEXに乗り、新宿駅からタクシーでとうとう御苑に入った。ようやく辿り着いた。

いい天気にもかかわらず、人は少なかった。あっちのベンチに新聞に目を走らせる老人が座っていて、こっちには宿題へ向かう高校生二人組が。また、あっちに携帯を片手に何やら真面目に話をしているサラリーマンが看板の側に立っていて、そしてこっちには、か弱そうな男と可愛い女の子があの弁当を食べながら喧嘩の続きをしている光景が広がっていた。

待った。いや、それはないだろう。

次に日本に行った時には、彼女はすでに亡くなっていたのだ。

3　リス

昔々、誰も見たことのない森の中に幸子というとても美しい女がいた。彼女は一人暮らしをしており、毎日寂しかった。

ある日、かわいい茶色のリスが現れて、どこへでも幸子に付いていった。夕方になって幸子は水を汲みに川まで行った。突然、リスが話しかけた。

「お前もリスになるよ、その水を飲んだら。気をつけろ」

と。そして、次の瞬間に消えてしまった。

子供の頃から非常にリスになりたかった幸子は、夢をかなえることに夢中になり、川から汲んだ水を急いで飲んだ。

だが、あのリスは嘘をついたのだった。なんと幸子は、リスではなく細長い杉の木に変身してしまった。美人だったのに。意地悪なリスは笑っていたが、木になった幸子には風の音しか聞こえなかった。

しかし、翌日、リスは鷲に食べられてしまった。最期の瞬間に幸子は元に戻った。

この話が皆さんにとって、リスを信じてはいけないということの教訓になると良い。

4

雲

上から見たら白く、下からは灰色。毎日のように変化をしているとよく言われる。確かに大きさや形まで、毎日というよりも常に変わっている。私は雲だ。

雲は、脳があるのか？　感情があるのか？　とよく聞かれるが……。

その次元ではないなぁ。

存在の目的は何ですか？　ともよく聞かれる。雨を降らせること？　空の飾り？

そういうことは、正直、くだらない。考えてみて。隣の雲と何時間もの長い間、会話をしているというシナリオを想像してほしい。徐々に風が強くなり、20分ほどで嵐になる。普通に喋れなくなる。逆に隣の雲の方向へ風に押される。近づく。近づく。危ないよ。あぶ……合体。

いきなり会話の相手がいなくなってしまい、何か寂しい。雨が降ると、思い出などの一部がなくなったような気が、いつもする。雲の合体では、相手からの思い出などを受け取るので、自分が多少変わったことを自覚する。

雲は、雨が降りすぎると死ぬので、気をつける。はい、気をつけるよ。

5
失念

彼女は長年この島に一人で住んできた。ここで太陽の眩しさ、嵐の鳴き声、森の匂いに、慣れてきた。人間の会話相手がいないため、それらが、なじみの友人のようになってきていた。

失恋でここに逃げてきて、はじめは相当大変だった。なつかしいなぁと、今となっては自分に穏やかに言えるが、あの時は毎日、結構緊張したり泣いたりしていた。

ずっと日付や時間を気にしていた。誰とも約束がないのに。彼女の性格かな。で、毎年7月13日が記念日だから、ちょっと特別な食事を作って多少なりともお祝いをしていた。毎年そうだったが、今年はなぜか、何の記念日なのかすら思い出せず、かなり気になって、怒っていた。よく忘れるな。そういうことすら思い出せなければ、ここにいる意味はない。そう思って泣き出した。

翌朝、96歳の女が島の森の中で死亡したことは、その日にも、それ以降にも、誰にも知られなかった。彼女は完全に忘れられた人だった。

6　オオカミの遠吠え

今晩ここに来てオオカミに会うのは3回目です。真夜中に一人で森の奥まで歩きオオカミと話すなんてことは、先月までは全く考えられなかったことです。

私は雅子という、25歳の小学校教師です。昔から家に近いこの森が気になっていました。その中に古くて高い杉や松があり、その木の陰には一体何が隠れているのか、好奇心に駆られ、私は頭を悩ませていました。知りたくて、でも同時に怖かったんです。

夜になるとオオカミの遠吠えが聞こえていました。特に冬はかなり聞こえるのですが、基本的には昼夜を問わず聞こえました。十代に入り、少し勇気を出して裏庭まで行き、歌のようなオオカミの遠吠えを聞きながら月と星をずっと見ていたことがよくありました。

大学から上京して以来、東京で仕事をしており、彼氏にも出会い、全ては順調でした。ただ先月、その彼と別れてしまい、かなりのショックを受けました。失恋の辛さを初めて痛感した気がします。

というわけで、私は実家に帰ってきました。全く落ち着けず毎日昼間まで寝ており、夜になると裏庭で一人でずっとオオカミの遠吠えを聞きながら星と夜空と一つになっていました。

ある日、歌のように聞こえていたオオカミの遠吠えが変わってしまいました。なぜか分かりませんが、私はオオカミに会いに森に入らなければならないと思い、上着すら着ずそのままひたすら森の奥へ突き進みました。進むにつれて遠吠えがどんどん大きくなりました。その日、オオカミと15分間も時間を過ごしました。私は日本語で話していましたが、オオカミは黙っていました。お腹が空いていないようで安心しました。

1週間後、再会しました。今回は1時間も色々と話しました。相変わらずオオカミは何も喋りませんでした。今晩ようやく一言つぶやいてくれました。

「お前に3回も会って、言われたことは全て心に入れておいた。今晩は最後になるけど、一つだけ言わせてくれ。カレとはどうせうまくいかないよ。知恵深い白いオオカミに未来を覗いてもらってそう言われたから。だから、だらだらするのをやめて、仕事を探して普通の生活を送れるように復活しろ。あと、俺もオオカミの形をやめるつもりだから、今後ここに来るのは非常に危険。もう夜には森に入らないで」と。

このオオカミはひょっとしたら私の分身で、その白いオオカミは92歳の私ではないかと思いますが、いまだによく分かりません。明日からは遠吠えが聞こえなくなるので、淋しくなるでしょう。

7 伝え忘れ

僕はそろそろ火星に帰ってしまう。何千年も地球でお世話になった。確か君も僕も同じ石だけど、やっぱり色々と性質が異なるところがあったね。例えば最初は、僕たちのように動けると思った。まあ、何千年も同じ場所にいるのは、逆に偉いな。

なぜ今更帰るのって昨晩、君に聞かれたが、その時はちょっと飲み過ぎてはっきりと答えられなかった。ごめんね。

理由は、うちの両親に呼ばれたからなんだ。火星の社会では、両親に従うのは当たり前で、従わない者はいないんだよ。

そうだ。今、出発の直前に、３０００年前からずっと言いたかったのにどうしても言えなかったことを言わせてね。ずっと前から僕には分かっていたことで申し訳ないが、君さ、地球で最後の生きている石だってことを知ってるかな?

残念ながら僕は一生帰ってこないから、行く前に言っておいた方がいいかもと思ったんだ。逆に言わない方が残酷だな、と。何度も例の装置でスキャンしてみたけど、やはりその結果は変わらなかったよ。

時間だ。元気でな。気をつけて。さようなら。

8　木の心

先日タケシさんと隣の町に行ってきた。早起きして家を出たら道路が空いていた。車で行ったが、着いたらすぐその近くの原生林の奥まで歩き始めた。蝉がうるさかった。

何度もその森を見たことがあり結構気になっていた。今日こそ入ろうって言いながら、ようやくその不思議な雰囲気を初めて経験した。どの種類かは分からないが小鳥の鳴き声がまるで人間の声のようで神秘的な感覚がした。奥の奥までタケシさんと行った。先に行けば行くほど光の性質が変わった。時間が経つとだんだん違和感がなくなり、その森と一体となった感じがした。

やっと倒木に着いた。日差しは意外に強くて、その辺りの木の幹が妙に光っていた。倒木の上に老婆が座っていた。

僕たちはびっくりしたが、彼女は優しい笑顔で話しかけてきた。

「よくいらっしゃいました。この秘密の場所に入った人間は私たち三人しかいません。あたしは、木の心を理解するために来たけど、あなたたちは？」

とゆっくりと言った。

僕が、

「すみません、うっかり来ちゃって。すぐ帰ります。お邪魔しました」

と言おうとしたら、タケシさんは突然、

「本日は敬老の日なのでご挨拶に参りました」

と言い出した。

おばあさんは、ずっと笑顔でいながら、ちょっとうなずいて、1分も経たずに座ったまま寝てしまった。そして光は徐々に弱まった。

毎年、敬老の日になるとこの話を思い出す。

8話の日本の思い出　8 Japanese Memories

1　グッチ

渡仏して様々な課題を抱えながら、完璧ではなくともなんとか乗り越えてきた彼女は、毎日楽しく生きて心配事が全く無い存在が羨ましいなあとよく思う。

自分の体質は間違いなくフランスに10年も住んできたことによって形成されたものだと実感している。最初は一人の日本人女性として信じやすい性格のせいで色々と振り回され、ちょっと嫌な思い出が残っているが、今はだいぶ成長してきて自信を持って生活しているつもりである。

愛犬とセーヌ川の川辺を散歩するのが好きだった。7年も経って老犬になってきたけれどもその習慣は今でも続けている。

犬はフランスで購入した黒いアメリカンコッカーだが、最初から犬に日本語しか話していなかったので日本の犬のようにしか思えない。エレガントに聞こえるのでグッチと名前を付けた。

ある日、散歩から家に帰ったら手紙が届いていた。彼女が書いていたブログの読者からのようだった。手紙には、

「外国人の作曲家ですが、ピアノ曲を作ってグッチに捧げたいと思います」

と書かれていた。

人間って不思議ではない？　こういう状況だとそのまま相手を中々信じられないよね。何狙い？　とか、下心を疑いがちな人が多いだろう。半信半疑ながら彼女は、

「じゃあ、お願いします」

と返事した。

翌月に曲が出来たと連絡が来て、彼女は早速スマホでその音楽を流してグッチに聴いてもらった。そして2分も経たずにグッチ彼女も癒されて一緒に寝落ちした。

その後、ブログを辞め、彼とは連絡しなくなったが、グッチが生きている間は彼の曲をよく流していた。

2 幸子

彼は、もともと幸子のお母さんの生徒だった。お母さんは琴の先生で、彼は毎週レッスンのために家に通っていた。幸子より10歳上かな。眼鏡をかけた真面目そうな男性で、琴の音色が大好きなようだった。演奏が特別上手というわけではなかったが、弾いているときは夢中になっていた。

彼は努力家で、一生懸命に上達しようと頑張っていた。幸子は、その頑張っている姿が魅力的だと思ったが、恋愛といった感じではなかった。3年ほど経つと、彼の演奏もかなり上達し、幸子は彼の演奏をＢＧＭにして、自分の部屋で扉を閉じて踊っていた。名前の通り、幸子は陽気な性格で、幸せな人生を送る子だった。

ある日、お母さんは発表会を開催することにした。８名の生徒さんが出演する予定でその彼も1曲を弾くことになった。それまで幸子とあまり喋らなくて挨拶くらいだったけど発表会が決まったら幸子に選曲に関して相談してきた。

実は幸子は彼の演奏の中でも「荒城の月」がかなり好きで何度も部屋で日本舞踊っぽく適当に踊ったことがある。しかし勘違いを招かないために、「どれが良いでしょうね。もし自信があれば『さくらさくら』なんてどうですか。それか『荒城の月』とか」

と、あくまで軽い感じで提案した。

発表会の日が来た。プログラムを見たところ男性は大トリになったようだが曲名は書いていないので幸子はちょっとワクワクしていた。発表の前、お母さんが短いスピーチをした。

「皆さん、この場を借りてご案内致します。この発表会をもちまして先生として40年のキャリアを終わりにさせていただきます」

と言った。その言葉に、演奏者も観客も驚き、一瞬静まり返った。娘の幸子すら、予想外だった。

それから演奏が順次に進んで、最後に大トリの出番だった。いつも表情があまり変わらない彼だったが、今回の演奏中は悲しい顔をしていた。選ばれた曲は「荒城の月」だった。

途中で幸子は思わず立ち上がって、目をうるうるさせながらゆっくりゆっくり日本舞踊っぽく踊り始めた。

3 真由美

真由美とは僕の祖母の名前だった。中学生の頃、学校の帰りによくおばあちゃんの家に遊びに行ったものだ。

ある冬の日だったっけ、おばあちゃんと二人で炬燵でわらび餅を食べていた。中学生の生活なんて単純なものなのに、おばあちゃんはいつも僕のくだらない話を集中して聞いてくれた。この日は、

「慎太郎くんって本当に嫌い。彼の話って自慢ばかりだよ。パパの車とか、家族旅行とか、うんざり」

と僕が言ったら、おばあちゃんは笑った。なんで笑ったかと多少傷ついた。

外を見ると、雪が降り始めていた。鳥の鳴き声も聞こえず、世界が静まり返っていた。おばあちゃんは、わらび餅を一口食べてから答えた。

「君も慎太郎くんも子供のうちに毎日楽しく遊ぼう。悩む機会はね、大人になればたくさんやってくるから、今はみんなと仲良くして毎日楽しく過ごそう」と。

それは30年前だった。その後、大人になり、仕事や恋愛でいろんな悩みを抱えることもあった。亡きおばあちゃんの言った通りに。しかし今は、

自分が高級車に乗って、去年は家族旅行でパリとロンドンに行ってきた。

昨日、自分の息子に真由美おばあちゃんの言葉を借りて人生のアドバイスを与えた。

「お父さん、なんで急にそんな話するの？　大丈夫？」

と息子が答えた。

4　さよなら

クリスマスが近づくと、あのイタリアン料理の夕食をいつも思い出してしまう。丁寧に誘われたことは間違いないけど突然だったし、あまり話したことがない健二くんという同僚からの招待だったので軽く断った。

すぐに諦めたようで、笑顔を浮かべながら会社の世間話や天気、時事の話に上手く切り替えた。そこがかっこいいと思った。それから少しずつ仲良くなって、十分な時間が経った後、もう一度誘ってくれて今回は同意した。

当日は全てが順調だった。お花をもらえたし、素敵なレストランに連れていってくれた。前菜は、生ハムとメロンだったことを今でも思い出す。気のせいかもしれないけど、前菜の直後に部屋の照明が暗くなって、テーブルの上に置かれたキャンドルも消えて、音楽の音量もとても小さくなった。外はこの時間に暗かったけど、冬だったのでおかしくはなかった。しかし、なぜか外の暗闇がいつもより暗く見えた。これから何かがある予感が漂ってきた。

「実は、お話があります」

と健二くんが言った。

何だろうと思ったけど、だんだん変な想像をし始めた。クリスマス・イブということで、まさか……プロポーズされてしまうのではないかと、怖くなってドキドキしていた。でも顔に出さないように穏やかに彼の話を聞くように努力した。

「会社を今朝辞めました」

と、彼は言った。

私は驚いた。

「えっ！　転職なの？」

「違います。会社に特別な存在の人がいて、今まで我慢していたけどもう無理なので退職を決めました」

「誰かに振られたの？」

「いえいえ、そんなことはありません。とはいえ、僕の気持ちは、ご本人を含めて誰にも伝えたことはありません」

「ええええ！　もったいなくない？　勇気を出して彼女に言ってみたら？」

「複雑です。実は自分は癌が見つかってステージⅣなので何かを始める場合ではないと思います」

やっと理解出来た。不思議なことにお互いにほっとしたような気がした。駅で別れた時は二度と会わないことは考えられなかった。今日はクリスマス・イブで、今更だけど彼が話してた女性って誰だろうと一瞬だけ思った。

5 浩子

少女の頃からずっと、女優になりたかった。人形を集めて想像した物語を人形に演技させるのが趣味だった。綺麗な女性になるかどうかは当時わからなかったけど、さまざまな発声ができる自信を持っていた。最悪の場合は声優になれるだろう。なぜか悪役の男の役が一番楽しかった。

「はーー？　お前、何と言ったんだ！」

と叫ぶことでよく母親を驚かせた。

20代は全力で女優のキャリアを追いかけた。所属した事務所が紹介してくれた仕事でそこそこ忙しかったが、結局ＣＭ出演が多くて、ドラマや映画の機会はほぼ無かった。Ｂ級を卒業できなかったことは非常に悔しかった。

最終的にお金持ちのファンと結婚し、今はニューヨークで42歳の奥様としての生活を送っている。毎月、ブロードウェイでミュージカルを鑑賞出来て嬉しい。一時帰国も思い立った時に出来るし、好きな洋服を買えるし、気が向いたらいつでも高級レストランに行ける。周りからは幸せ者だと思われている。

42歳の浩子は鏡の中の自分を見つめる。女優のキャリアに憧れ、ずっと美容に凝っていたおかげで、我ながらまだまだ行けるなと思った。幸せ者か。自分はそう思わないけど。隣の芝生は青く見えるだけだ。でも強いて言えば、ニューヨークでの生活が少しずつ退屈になり、旦那にも結構放置されている。女優でさえあれば幸せだなと若い頃は思ったけど、同世代の俳優の友達の話を聞いたらどうやら必ずしもそうでもないようである。

鏡の中の自分を見つめるのは何億回目だろう。でも今日初めて鏡の中の浩子が少しずつ目の前で変身している。5分もかかったけど、最終的に子供の頃の人形に鏡から見られている。

何十年かぶりに浩子は低い声と荒い喋り方で鏡の人形に話す。

「お前、何を見ているんだ！」

と浩子は叫ぶ。それでさっきの悩みや疑問が全て飛び去っていった。スッキリした浩子は友達との約束でブロードウェイに行くため、そろそろ支度をして家を出なければならない。やはり自分は幸せ者だ。

6 いつまでも

GNZA

最近は言われなくなったけど、若い梨華ちゃんは典型的な大和撫子だと言われることが多かった。嬉しい言葉かどうかは彼女にとって微妙だった。自分にとっては一方的に何か期待されたくないのが本音であった。しかし、親友からもらった誕生日のメッセージカードに、「いつまでも大和撫子でいてくださいね」と書かれていた。

今日は敬老の日だ。若い頃、自分がいつか老人になることは分かっていたが、その時が来たとき、どんな気持ちになるのかはなかなか想像できなかった。着物を着て友達と銀座でお茶をする、そんな感じになってきた。おばあちゃん組が3時間も喋りまくって楽しく過ごせた。

しかし、家に帰って着物を脱いで、家事をしていたら、突然2日前の夢に出た俳句を思い出した。俳句は詠まないし、いったいどこから出てきたかは謎だった。

真夜中に　寒蝉の声　癒し哉

と、口にしたら、家がフェードアウトして、梨華ちゃんは鳴いている蝉になった。気がついたら、不思議な惑星の表面から生えている木の枝で鳴いていた。人間に戻りたいとしか思えなかった。しかし、戻る道が見つからなかった。

蝉の寿命は短いから、早く大和撫子に戻りたいと梨華ちゃんはパニックになり始めた。あの俳句って魔法の呪文だったかな。自然に元に戻れないかな。戻る呪文もあるよね？　と、梨華ちゃんは色々と考えていた。

突然、もう1匹の蝉が飛んできて側で鳴き始めた。俳句に書かれたように梨華ちゃんはその鳴き声に癒され、冷静になり、隣の蝉から愛情をもらった。

ふと思ったけど、「いつまでも」の解釈は、2週間に限った蝉と70歳の梨華ちゃんがそれぞれに当てはまるね。

7　どうしても

20代は楽しすぎて終わらないでほしいと、バリ島のビーチでまったりしていた玲奈は思った。東南アジアの一人旅、途中からは飛行機の中で出会ったアメリカ人のダンさんとその時以降はベタベタしてタイ、ベトナム、マレイシア、シンガポールと回って、今はインドネシア。

ダンさんは日本語が出来なかったけど英語をゆっくりと話してくれたので何となく言っていることが分かる。セクシーな声で玲奈に話すとドキドキして顔が赤くなってしまう。

旅行中なのに彼は早く海を出て部屋に戻って仕事をしている。お昼は一緒に食べようと。玲奈は快適すぎてビーチでのんびりしている。目を閉じて海の波音に癒されている。

背が高い韓国人の男性が隣に座ってきた。

「誰かを待っているんですか」

と声をかけてきた。

「いいえ、ちょっと昼寝中だけど」

「あ、失礼しました」

と言って、本を読み始めた。

玲奈は閉じた目の隙間から彼を覗いた。同い年くらいかなと思った。

玲奈は、

「何を読まれていますか」

と聞いてみた。

「日本人と韓国人のラブストーリーですよ」

と答えが来た。

「へー。興味深いでしょうね」

「はい」

と、ちょっとシャイな声で答えた。

それから30分も楽しく会話して仲良くなった。

玲奈は腕時計を見て、

「あら、こんな時間になった」

と言って、急いで立ち上がってランチのところへ向かおうとしたら、

「待って」と彼は言った。

「またお会い出来ますか」

と素直に聞いてくれた。

玲奈はダンさんのことをちゃんと忘れずに、

「ごめんなさい」

と答えた。

「なぜですか？」

と突っ込まれた。

「すみません、彼氏居る」

「お茶だけでも無理なんですか？」

「無理です。本当に申し訳ないです」

「どうしても？」

「どうしても」

実は、ランチまでは1時間もあったけど、韓国人の彼と恋に落ちそうなので早い段階で逃げたかった。誘惑に負けずに良かったと思った。

時間が早かったので部屋に戻って着替えようと思ったが、部屋に入ったらダンさんは若い現地の女性とベッドに居た。翌日、玲奈は予定より1週間も前に帰国した。

8 百合子

今宵の宅呑みは百合子の家で開催する。出席者はまさ君と、ひろ君と、アズちゃんと、百合子。冷やしたビールを何本か出してネットで面白い動画を見たりしている。みんなでこのように楽しいひとときを過ごすようになったのは、社会人になった時からだろう。

23時。皆は相当呑んできたが、会話はまだまだ盛り上がっているようだった。百合子だけが、眠くなってきた。あれ？　ひろ君は狐に変身したようだが、普通に彼の声で喋っている。百合子は目をこすった。

今度は、アズちゃんはチンチラになった。夢だと思って目を瞑る。勇気を出して目を開いたらまさ君がフクロウに変身したようだ。不思議なことに皆が変わらず人間の声でワイワイしている。

部屋自体が回転し始める。最初はゆっくりと、少しずつ加速して、さらに壁や天井が崩れて飛んでいってしまう。落ち着いたら皆がテーブルを囲んだまま雲の上に座っている。

チンチラは、

「ワニ肉が食べたい」

と言った。

「俺は無性に草が食べたい、今」

と狐は答えた。

ちょっと待ってよ。違うでしょ！　チンチラって草食系だし、狐だって肉食ではないの？　と百合子が思う。でも彼女は驚きすぎて何も言わない。3人ともフクロウを見た。何が食べたいかな。フクロウは気まずそうに見える。

「いや、腹減ってないから」と。

突然、

「虎ちゃんは？」

とチンチラに聞かれた。え！　自分が虎だっていうこと？　と百合子は思った。

そして百合子は、

「ガオー」

と吠えてチンチラ、狐とフクロウを食べた。

「終電。急がないと」

と、まさ君は言った。

「百合子ちゃん、大丈夫かな」

とアズちゃんが心配してくれたが、ひろ君が、

「泥酔だよな。皆、帰ろう」

と言ったので３人は帰った。

※本書籍のイラストは、一部の画像をＡＩによって作成しました。

著者紹介

ルーファス リン（Rufus Lin）

バンクーバー在住のカナダ人であり、経営者を勤めながら作家、ジャズピアニスト・シンガー、画家としてバンクーバーと東京で活動をしています。アート業界ではバンクーバーで日本現代美術を専門とする美術館 Rufus Lin Gallery of Japanese Art を創立運営し、自作のアクリル画も継続的に作成しています。仮想美術館サービス CAS（Curated Art Show）も創立運営しています。作家としてルーファス リンは川端康成や安部公房そして Richard Brautigan や Theodore Sturgeon の影響を受けています。数年前に英語の小説 Trout Rising Again を出版しました。ビジネスマン、大学教授、新聞記者、テレビインタビュアー、ソフトウェア開発者、特許翻訳家等の豊富な経験を活かしてこれらの芸術分野に主に専念しています。

８人の日本女性とその他のお話　8 Japanese Women & other stories

2025 年 5 月 7 日　第 1 刷発行

著　者　　ルーファス リン

発行人　　大杉　剛

発行所　　株式会社 風詠社

〒 553-0001　大阪市福島区海老江 5-2-2 大拓ビル 5 - 7 階

TEL 06（6136）8657　https://fueisha.com/

発売元　　株式会社 星雲社（共同出版社・流通責任出版社）

〒 112-0005　東京都文京区水道 1-3-30

TEL 03（3868）3275

印刷・製本　シナノ印刷株式会社

ISBN978-4-434-35720-6 C0097

乱丁・落丁本は風詠社宛にお送りください。お取り替えいたします。